JEAN BERTHEROY

Femmes antiques

LA LÉGENDE — L'HISTOIRE

LA BIBLE

PARIS

PAUL OLLENDORFF, ÉDITEUR

28 *bis*, RUE DE RICHELIEU, 28 *bis*

1890

Femmes antiques

DU MÊME AUTEUR

Vibrations (poésies), 1 vol. in-18 . . . . . . 3 fr. 50

Marie-Madeleine, poème, avec une préface de François Coppée et une eau-forte de Ary Renan. . . . . 2 fr. »

JEAN BERTHEROY

---

emmes antiques

LA LÉGENDE — L'HISTOIRE

LA BIBLE

PARIS

PAUL OLLENDORFF, ÉDITEUR

28 bis, RUE DE RICHELIEU, *28 bis*

1890

Il a été tiré de cet ouvrage dix exemplaires
sur papier vergé de Hollande
numérotés à la presse (1 à 10)

ALMA

ALMA

Elle est la Femme; elle est la Mère et la Nourrice,
Elle est la source unique et le type immortel.
Tour à tour sur le sein de la génératrice
Les hommes ont prié comme sur un autel;

Le feu de leurs désirs ou l'encens de leurs rêves
A sans cesse brûlé devant son front jaloux
Depuis l'aube du jour où, parmi l'or des grèves,
Dans ses bras a frémi le primitif époux.

Alma, c'est l'Aditi, l'Isis myrionyme
Dont nul n'a soulevé le voile ténébreux;
Celle qu'ont adorée en un culte unanime,
Sous des cieux différents, des fidèles nombreux;

La Lucine aux yeux clairs, la Nymphe aux cent visages,
La Déesse aux flancs purs engendrée à Samos,
La Muse qui préside au cours secret des âges,
La blanche Aphrodité, la Vénus Pandémos.

Elle est la tige altière et vivace du chêne
Dont la sève s'étend en multiples rameaux;
L'anneau primordial de la mouvante chaîne
Qui joint étroitement les deux pôles jumeaux.

Comme en un océan insondable et mystique,
Où courraient s'engloutir des fleuves par milliers,
Ainsi, dans son amour profond et fatidique,
S'écoulent les torrents des maux inoubliés;

Mais si ses fils, lassés de douleurs innombrables,
Ont trouvé le repos dans ses bras maternels,
Elle, l'Alma sacrée aux formes secourables,
Savoure la rancœur des dégoûts éternels ;

Car elle est bien vivante ; — et le sang de ses veines
Est bien un sang humain qui tressaute et qui bout ;
C'est pourquoi, dans l'effondrement des choses vaines,
Elle est restée intacte, immuable et debout.

Et c'est en elle encor, en cette Alma féconde
Que ma voix les évoque à leur dernier sommeil,
Les grandes entités qui charmèrent le monde
Comme autant de rayons d'un unique soleil.

* * *

C'est elle la Psyché qu'Éros jaloux emporte
Au sommet qu'ont peuplé ses fraîches visions ;
La Vierge inconsolée, à la fois frêle et forte,
Pleurant l'envolement de ses illusions ;

C'est elle, la Sibylle et la devineresse
Qui sent fléchir la terre en ses rêves troublants,
Mère des avenirs, dont la taille se dresse
Quand son germe tressaille au secret de ses flancs;

C'est elle, la Vestale en qui la flamme sainte
Brûle éternellement comme au vase profond;
Foyer consolateur où, dans les jours de crainte,
Les hommes attristés vont réjouir leur front;

C'est toujours une Alma cette Circé maudite
Dont les amants ont fui les regards captieux :
Son sein n'a point conçu, mais son esprit médite
Quelque impossible hymen sous d'erratiques cieux.

*
* *

Sémiramis, la reine étrange et géniale
Qui semait la splendeur sous ses pas triomphants,
Dont l'Art avait hanté la couche nuptiale
Et dont les purs chefs-d'œuvre étaient les seuls enfants;

Et Phryné, l'hétaïre, à qui les héliastes
Remirent ses péchés en voyant ses seins nus,
Et que, dans leur ferveur, les Grecs enthousiastes
Placèrent dans le temple entre Éos et Vénus;

Et Messaline enfin, malgré son infamie,
Dont la lasciveté toujours est aux abois,
Rôdant aux carrefours de la ville endormie
Comme une bête en rut aux profondeurs des bois,

Sont des formes encore — et divines peut-être —
De l'Alma qui tressaille en sa fécondité,
Qui sent frémir son sein et qui porte en son être
Le grand ferment d'amour de la maternité.

*
* *

Mais c'est au dévoûment, c'est dans le sacrifice,
Qu'on la retrouve entière et le cœur tout-puissant,
De ses ardentes mains soutenant l'édifice
Que les peuples lassés cimentent de leur sang;

Je les vois se dresser, surgissant des ruines,
Celles qu'un même esprit autrefois inspira :
Les femmes d'Israël, les grandes héroïnes,
La fille de Jephté, Judith et Débora ;

Je les vois, le front haut, ces grandes souveraines
Qui de l'Alma sacrée ont tous les attributs,
Se lever sous le ciel, vaillantes et sereines,
Et marcher à la mort pour sauver les tribus.

. . . .

Et maintenant qu'importe à notre impatience
De connaître, ô Alma, le secret de tes pleurs ?
« Celui qui multiplie ici-bas la science
Multiplie ici-bas la source des douleurs[1]. »

1. L'Ecclésiaste.

I

LA LÉGENDE

PSYCHÉ

A Madame Juliette Adam.

PSYCHÉ

Penser, sentir, vouloir.

Loin des regards méchants, sur une cime altière
L'Amour vient d'emporter Psyché.
Là du moins il pourra l'étreindre tout entière,
Et sentir s'écrouler la pesante matière
Sous la splendeur de son péché.
Loin des regards méchants, sur une cime altière.

Seuls tous deux! Il leur faut, pour s'aimer, être seuls!
Il leur faut, pour s'aimer, s'écarter de la foule
Dont les flots agités de houle
Servent aux amants de linceuls.
Dans l'éclat bleu du ciel leur hymen se déroule.
Seuls tous deux! Il leur faut, pour s'aimer, être seuls!

La vierge est inquiète, — elle pense, elle rêve,
Et, tandis que l'Amour la berce en ses bras nus,
Un désir plus haut la soulève,
Et son œil indécis fouille l'immense grève
Des horizons jamais connus.
La vierge est inquiète, elle pense, elle rêve.

Celui qui sur son sein la presse, quel est-il?
Jusqu'où monteront-ils ensemble
A travers les parfums, à travers l'air subtil?
Psyché s'agite, Psyché tremble
Comme la fleur nouvelle au souffle chaud d'avril.
Celui qui sur son cœur la presse, quel est-il?

Dans cette lointaine envolée
Son jeune esprit pressent tout un monde nouveau ;
Parmi les clairs rayons de la nuit étoilée
La grâce de l'Amour pleinement révélée
Pour la première fois a ravi son cerveau,
Dans cette lointaine envolée.

Psyché, dont la candeur est souveraine encor,
Croit voir en celui qui la guide
Un jeune chérubin aux larges ailes d'or ;
Et l'Amour, d'un essor rapide,
Entraîne jusqu'au ciel fluide
Psyché, dont la candeur est souveraine encor.

* * *

Ils se sont arrêtés au milieu d'un nuage
Et l'Amour s'est penché,
D'une caresse ardente effleurant le visage
De Psyché.
La vierge a tressailli : — Ce n'est donc pas un frère
Cet enfant
Aux larges ailes d'or, qui dans une autre sphère
L'emporta triomphant ?

Et son esprit errant flotte dans une extase;
Et ses sens,
Reconnaissant enfin l'Amour qui les embrase,
S'éveillent tout-puissants.
Ses yeux se sont fermés, tandis qu'une harmonie
De frissons et d'accords
Pénètre doucement l'innocence infinie
De son corps.

Les visions du rêve ont maintenant fait place
A l'éblouissement.
Psyché dans le silence éperdument enlace
Son amant,
Et tout a disparu dans cette longue étreinte,
Excepté
Ce qui dans le cœur laisse une éternelle empreinte,
L'unique volupté.

Aux doutes, aux regrets, aux deuils la femme est née.
Dès ce jour,
Sans cesse vibreront comme un chant d'hyménée
Les cris de son amour;
Et le frissonnement de son désir qui passe,
Oiseau capricieux,
Emplira l'étendue et comblera l'espace
Des grands cieux.

Et Psyché, les yeux clos, dans les divins exordes
De son premier baiser,
A du luth de son cœur déjà senti les cordes
Se briser;
Elle a, dans cet instant, deviné les tortures,
Les douleurs,
Les désespoirs lointains, les souffrances futures,
Les tourments et les pleurs.

*
* *

L'Amour s'est endormi. — Près de lui Psyché veille.
Elle peut à présent réaliser ses vœux;
L'Amour s'est endormi; — de sa tempe vermeille
Psyché, très doucement, écarte les cheveux.

Pour contempler ces traits, qu'elle entrevit à peine
A la blanche clarté du mobile séjour,
Pour contempler ces traits, retenant son haleine,
Psyché, très doucement, s'est penchée à son tour.

Car c'est sa volonté qui maintenant domine.
L'Amour lassé n'est plus qu'un impuissant vainqueur;
Car c'est sa volonté secrète et féminine
Qui seule a résolu le mystère du cœur.

Quoi ! cet adolescent anéanti près d'elle,
Comme un oiseau blessé dans la tiédeur du nid,
Quoi ! cet adolescent sera l'époux fidèle,
Le compagnon du songe et du foyer béni ?

Prise d'un tendre élan de pitié surhumaine
Pour l'être nuptial aux dons mystérieux,
Prise d'un tendre élan, sa lèvre se promène
A travers la toison des boucles d'or soyeux.

Et c'est dans ce baiser de nymphe ou de madone,
Sur le front de l'époux qui dort à son côté,
Et c'est dans ce baiser que l'épouse se donne
En la pleine ferveur de sa mysticité.

Or, voici que deux pleurs, émanés de son âme,
Des longs cils de Psyché sont tombés tour à tour ;
Or, voici que deux pleurs, brûlants comme la flamme,
Sont tombés sur le corps frais et nu de l'Amour.

L'Amour s'est envolé ; l'Amour, rouvrant ses ailes,
Est monté plus avant dans l'azur réjoui ;
L'Amour s'est envolé vers des plages nouvelles,
— Et Psyché pleure encor son rêve évanoui.

MANTO

(LA SIBYLLE)

A Sully Prudhomme.

MANTO

(LA SIBYLLE)

A la lueur blanche des Ourses
Dans l'ombre allongeant les roseaux,
Au clair ruissellement des sources,
Aux lèvres secrètes des eaux,
Au lac tranquille et fatidique
Où sommeille l'esprit de Zeus,
Voici que la nymphe mantique
Apparaît sur les lotos bleus.

Comme une Muse errante elle marche sans voiles
Dans la nuit : — sur son front s'allument les étoiles.

Parmi l'or jaune des ajoncs,
Parmi l'or vert des jeunes pousses,
Parmi l'or rouge des bourgeons,
Parmi l'or azuré des mousses
Elle a posé ses beaux pieds nus,
Épiant dans les hautes herbes
L'appel des dauphins tard venus
En qui sont incarnés les Verbes.

Car aux frémissements indécis de leurs chants
Manto berce son âme en la paix des couchants.

De toutes parts monte autour d'elle
Un rythme pur et cristallin,
Qui dans une extase nouvelle
Plonge son rêve sibyllin.
C'est un susurrement rapide,
Un bruit troublant comme un baiser,

Un frisson sur le lac limpide
Dont les ondes vont s'iriser.

Et pour mieux écouter la voix inspiratrice
A travers les lotus son corps frêle se glisse.

Or, ce n'est point l'accent d'Eros
Ni les pleurs des Thyiades lentes
Qui sous les saules de Klaros
S'infiltrent dans les eaux parlantes;
Et le dieu même qu'elle sert,
Apollon, dont l'âme est glacée,
Ignore le divin concert
Qui vient caresser sa pensée.

Il ignore surtout, lui, le dieu des clartés,
Les mystères des nuits dans les bois écartés.

Cependant la jeune sibylle
A déjà redressé son front.
Les mains aux lèvres, immobile,
Qu'attend-elle au sentier profond?

Le murmure devient plus tendre,
Les accords deviennent plus doux,
Un pas pressé se fait entendre
Frôlant le lit des gazons roux;

Dionysos accourt, — Dionysos qu'elle aime,
Dionysos en qui dort le savoir suprême.

Dans sa gloire de jeune dieu
Il vient, couronné de verdures,
Les cheveux épars, l'œil en feu,
Les épaules lisses et dures.
— C'est lui qui sous les pampres blonds
Fait gonfler la sève des grappes
Et change en vin les ceps féconds
Enlacés au corps des Priapes.

Manto, qui l'aperçoit, l'attire sur son cœur
Tandis que les dauphins chantent un air vainqueur.

Lui seul verse au sein des prêtresses
Le trouble qui gagne leurs sens;

Son baiser donne les ivresses
Et sublimise les accents ;
Et son influence erratique
Peut seule engendrer dans leurs flancs
Le saint délire prophétique
Dont s'agitent leurs torses blancs.

Tous deux ils sont partis au fond du bois sonore ;
Le chœur du lac sacré se fait entendre encore.

A travers la vapeur des cieux
Longtemps le couple se dessine ;
La sibylle a baissé les yeux
Sous le regard qui la fascine ;
Et les flots au loin se sont tus
Pour laisser dans un grand mystère
Manto connaître les vertus
Du fils de Zeus et de la Terre.

En un même baiser ils demeurent perdus ;
Sous un seul nimbe étroit leurs fronts sont confondus.

Et maintenant penché sur elle,
Dans l'épaisseur des bouleaux nains,
Il dit à la nymphe immortelle
Les défaites des lendemains.
Les ombres des douleurs futures,
Cortège de monstres hideux,
Inclinant leurs hautes statures,
Surgissent en foule autour d'eux.

Et plus tard quand Manto dévoilera l'oracle,
Ses yeux clos reverront le nocturne spectacle.

Pourtant un sourire léger
Plisse la pourpre de sa bouche;
Car le rapide messager,
Dont le souffle brûlant la touche,
Dionysos est encor là
Qui baise sa poitrine ardente
Et les deuils qu'il lui révéla
Laissent la vierge indifférente.

Qu'importent les douleurs des races à venir,
Puisqu'à l'Époux divin son rêve peut s'unir?

Et Manto rit aux ondes claires
Dans l'orgueil des dons obtenus,
Et les derniers rayons stellaires
Viennent mourir à ses pieds nus.
— Là-bas sous un voile de brume
Où flotte l'âme de Mithra,
Le disque d'Apollon s'allume.
— Et la sibylle parlera.

Vaguement le murmure argentin de la source
Jusqu'à la Pierre Sainte accompagne sa course.

CIRCÉ

A Émile Lévy.

CIRCÉ

I

Éternellement jeune, éternellement triste,
Éternellement pure en sa virginité,
Dès l'aurore des temps Mercure Trismégiste
L'a vouée aux rigueurs de la Fatalité.
Son corps frêle et léger, fait de lumière et d'onde,
A des soleils ardents concentré les baisers,
Mais son cœur roule encor, sous la chair tiède et blonde,
L'insondable froideur des flots inapaisés;
— Et c'est pourquoi toujours les regrets et les larmes
Sont au bord de la coupe où sa main a versé
Le philtre composé de mensonge et de charmes
Qui prosterne le monde aux genoux de Circé.

Magicienne inconsciente, elle murmure
Dans le secret des soirs les mots pernicieux
Qui font battre le cœur des soldats sous l'armure
Et dont sourit Hécate en la pâleur des cieux.
Pour elle, obéissant à la loi de sa vie,
Elle écrase les fronts courbés sous ses pieds blancs,
Sans que jamais l'amour, la pitié ni l'envie
Aient d'un frisson léger secoué ses beaux flancs;
Et sans que sa prunelle, étrangère à la terre,
Comme une fleur poussée en un sol inconnu,
Ait jamais révélé le douloureux mystère
Des malédictions en elle contenu.

Sur sa couche on ne voit ni pourpre ni tenture;
Son trône est tout clouté d'argent comme un cercueil
Et son palais est froid comme une sépulture
Dont le marbre a gardé les blancheurs de l'orgueil.
Partout c'est la clarté stérile, inviolée,
Des flots verts caressant le dos des sphinx marins,
Ou des nymphes voilant leur chair immaculée
Sous le ruissellement des luisants gorgerins;
Et les oiseaux, voguant sur ces plages mystiques,
En traversant l'azur ont des reflets d'acier,
Et semblent des jouets brillants et magnétiques.
Suspendus savamment par le fil d'un sorcier.

Or c'est l'heure où Circé chaque nuit recommence
Ses incantations; et sa voix de cristal
Module lentement la magique romance,
Grave et sonore, — ainsi qu'un chant sacerdotal :

Venez, ô l'amant de mon rêve,
Je veux respirer longuement
Les senteurs âcres de la grève
Avec vous, ô mon jeune amant.
— Je n'aime que les perles blanches,
Que les larmes au bord des yeux,
Que la neige inclinant les branches,
Que l'éclat mourant des pervenches
Sur les tombeaux mystérieux.

Sous un pâle rayon lunaire
Je veux ce soir aller cueillir
La mandragore funéraire
Qui fera ton cœur défaillir.
— Je n'aime que les fleurs maudites,
Les algues aux mortels poisons
Dont s'enivrent les Aphrodites;
O mon amant, voulez-vous, dites,
Cueillir la fleur des trahisons?

Nous aurons des heures très douces
Au bord des étangs gazonneux,
Parmi la ciguë et les mousses
Et les aconits vénéneux.
— Je n'aime que la froide étreinte
Des reptiles aux jeux pervers
A mon corps s'enroulant sans crainte;
Je n'aime que la froide étreinte
Des lézards gris, des serpents verts.

Tandis que sur ma chair très chaste,
O mon amant, vous vous penchez,
Moi, je vois dans l'horizon vaste
Passer des mondes ébauchés.
— Je n'aime que les voix étranges
Des Esprits des eaux et du vent,
Les voix des démons et des anges
Traçant leurs infinis losanges
A travers l'espace mouvant.

Et leurs rhombes divinatoires
Montrent à mes yeux éblouis
Les voluptés blanches ou noires
Dont les enfers sont réjouis.

— Je n'aime que les nuits profondes
Où les baisers sont expiés,
Que les caresses inféçondes
Et que l'amertume des ondes
Léchant la tiédeur de mes pieds.

Venez, ô l'amant de mon rêve,
Je veux respirer longuement
Les senteurs âcres de la grève
Avec vous, ô mon jeune amant.
— Je n'aime que les perles blanches,
Que les larmes au bord des yeux,
Que la neige inclinant les branches,
Que l'éclat mourant des pervenches
Sur les tombeaux mystérieux.

Elle se tait, perdue en la foi des symboles;
Mais ses bras lumineux, qu'elle a noués en rond
Comme pour invoquer d'invisibles idoles,
Pendant longtemps encor s'agitent sur son front;
Et son œil ne voit pas qu'à son appel docile
L'amant de chaque nuit, l'amant vierge et nouveau,
Épiant sa beauté merveilleuse et gracile,
Dans l'ombre, en l'attendant, tremble comme un roseau,
— Frêle roseau d'amour qu'elle, la charmeresse,

Va briser de son souffle avant qu'à ses genoux
Il ait pu terminer l'hymne ardent de tendresse
Et que, de sa poitrine, il se relève époux.

. . . .

L'AMANT.

Circé, ta plainte est parvenue
Jusqu'en l'asile où je dormais,
Et j'ai senti que je t'aimais
Bien que tu me sois inconnue.
Vois, j'ai des larmes dans les yeux
Et dans les mains des perles blanches;
Mène-moi cueillir les pervenches
Sur les tombeaux mystérieux.

CIRCÉ.

Puisque dans la douceur d'un rêve
La volupté t'a parlé, viens;
Nous allons nous aimer sans trêve,
Attache tes regards aux miens.

L'AMANT.

Conduis-moi là-bas dans la plaine
Où croissent les mortels poisons;
Je voudrais boire à ton haleine
La sève sans pitié des longues trahisons.

CIRCÉ.

N'as-tu pas peur que sur ma bouche
Le froid de la mort ne te touche?

L'AMANT.

Non : car pour posséder ton corps,
Pour qu'à toi mon être s'enlace,
J'aurai la froideur de la glace
Et la tranquillité des morts;
Et je me glisserai sans crainte,
Si souple, entre tes bras ouverts,
Que tu croiras sentir l'étreinte
Des lézards gris, des serpents verts.

CIRCÉ.

Avec moi viendrais-tu dans le pays du songe,
Au delà des clartés où jamais l'œil ne plonge?

L'AMANT.

Partout où tu seras j'irai :
Dans l'abîme profond, dans l'azur éthéré.
Déjà j'entends des chants étranges,
Les voix des démons et des anges,
Et leur regard m'appelle en l'espace mouvant.

CIRCÉ.

Il faut leur obéir.

2.

L'AMANT.

Ah! laisse, laisse, avant
Qu'ils ne m'aient attiré dans l'horreur ténébreuse
Ma bouche sur la tienne un instant être heureuse!
O Circé! Je me sens défaillir. Laisse-moi
M'abîmer dans ton être et m'enivrer de toi!
— Ah! tu me promettais des délices profondes,
Par la mort nos baisers devaient être expiés,
Et mon rêve s'enfuit sans que tu lui répondes!
Reste... Je veux au moins me coucher à tes pieds.

CIRCÉ, s'éloignant.

Je n'aime que les perles blanches,
Que les larmes au bord des yeux,
Que la neige inclinant les branches,
Que l'éclat mourant des pervenches
Sur les tombeaux mystérieux.

II

Sur le sable incolore où la vague s'apaise
Elle s'est endormie au calme du matin,
L'admirable Circé. Le zéphyr qui la baise
Emporte aux Occidents une senteur de thym.
Dans la sérénité de sa beauté sacrée
Elle repose, — et nul ne croirait à la voir
Que c'est là l'Immortelle insensible qui crée
L'angoissante douleur et l'amer désespoir.
— Pour mêler l'aconit au suc de jusquiame
Cette main n'a pas dû tracer le signe obscur,
Et jamais le remords n'est entré dans cette âme
Qui transparaît sous la splendeur de ce front pur.

Ces lèvres ont frémi sur des lèvres humaines,
Ce sein jeune a connu les charnelles amours
Et c'est la vision des extases prochaines
Qui prosterne ce corps sous des rêves trop lourds.
— La dormeuse n'a pas sur les ailes fluides
Des succubes couru les funèbres sabbats,
Et non plus évoqué dans ses songes lucides
Les esprits infernaux pour leur parler tout bas;
Elle n'a pas trompé dans l'ivresse première
L'époux que sa beauté sans tache avait charmé,
Ni fait tomber du sein de l'ardente lumière
Au fond du noir chaos le triste bien-aimé.
Sa bouche disait vrai quand par les lourds automnes,
Dans les bois enrougis des flammes du couchant,
Elle psalmodiait les aveux monotones,
Que ponctuait dans l'air le cri de l'yiunx méchant.
— Ou, si, selon la loi des terrestres misères,
Ses amours ont parfois enfanté l'abandon,
Elle a des longs soucis égrené les rosaires
Et trouvé dans les pleurs le bienfait du pardon?...

Non; rien de tout cela. Circé dort et nul rêve
Ne troublera jamais son tranquille sommeil;
Nul songe sidéral, nul désir ne soulève
Jusqu'au lointain zénith la fille du Soleil.

. . . .

Circé s'est éveillée; — un homme est là, près d'elle,
Dont le front radieux ruisselle de beauté;
Son teint à la pâleur du tremblant asphodèle
Et la lyre d'argent frémit à son côté.
D'où vient-il? Quel azur en son œil se reflète?
De quel baiser sublime a-t il gardé le sceau?
Est-ce un dieu rédempteur? Ou, si c'est un poète,
Quel splendide Orient a porté son berceau?

Et déjà, se glissant vers lui, la séductrice
L'appelle à voix pressante et lui tend les deux bras;
Mais le regard au ciel, rebelle au maléfice,
Le poète s'éloigne et ne lui répond pas.

*
* *

Circé court s'enfermer dans sa grotte; elle somme
La Déesse des pleurs de lui livrer cet homme :

Par le mal que j'ai commis,
Par les douleurs que je cause,
Par les hontes que j'impose
Aux hommes, mes ennemis;
Par l'influence funeste
Qui s'échappe de mon sein,

Par l'adultère et l'inceste
Que je provoque à dessein,
Funèbre Hécate, ma mère,
Que ta puissance en moi ne soit pas éphémère!

S'il est vrai que tous les jours
A tes voluptés intimes
J'offre en secret les victimes
De mes fatales amours;
Et si, parmi les pratiques
De ton culte détesté,
J'ai pour des noces mystiques
Gardé ma virginité,
Funèbre Hécate, ma mère,
Que ta puissance en moi ne soit pas éphémère

Par chaque désir mauvais,
Qui de la terre s'envole
Et va former l'auréole
Dont là-haut tu te revêts;
Par la volonté perverse
Que je puise à ton autel
Et qu'à tous tes fils je verse,
Ainsi qu'un philtre mortel,

Funèbre Hécate, ma mère,
Que ta puissance en moi ne soit pas éphémère !

Si ton spectre éblouissant
S'abreuve aux cœurs que je broie
Et, comme un oiseau de proie,
Ne se repaît que de sang ;
Si dans l'horreur mortuaire
Des sacrifices humains
J'ai tourné l'électuaire
Qu'aujourd'hui t'offrent mes mains,
Funèbre Hécate, ma mère,
Que ta puissance en moi ne soit pas éphémère !

Livre, livre à mon mépris
Celui que ma voix évoque.
O déesse, je t'invoque,
Reine des divins pourpris !
Consacre ton inclémence
Par de nouvelles douleurs,
Reine du royaume immense
Où s'élaborent les pleurs !

. . . .

LE POÈTE, à l'entrée de la grotte.

Quel parfum léger, quelle odeur subtile,
Quelle exhalaison de nard ou d'encens
Viennent m'apporter l'ivresse fertile
Dont le charme exquis soulève mes sens?
Pour voler enfin je trouve des ailes,
Je vais m'élancer dans l'infini bleu,
Et je sens en moi courir des parcelles
Des soleils éclos dans l'âme du dieu.

CIRCÉ, dans la grotte.

Esprits onduleux, fantômes flexibles,
Mon regard vous suit, ô frères errants;
Tendez jusqu'à moi vos bras invisibles;
Faites-moi monter aux cieux transparents
Dans l'immensité des plaines liquides,
Sous les voiles d'or par vous écartés,
Esprit onduleux, servez-moi de guides
A travers l'azur des pleines clartés.

LE POÈTE.

Une lueur douce, aux reflets d'opale,
A rendu mes yeux immatériels;
Mon âme à nouveau libre et virginale
Touche aux firmaments des blonds Ariels.

Encor un baiser, ô flamme impalpable,
Souffle aérien, encor un baiser;
Rendez comme vous mon esprit capable
D'entrevoir l'Esprit qui va l'embraser.

CIRCÉ.

Le même désir, le même mystère
Nous ont réunis au seuil des splendeurs,
Poète, veux-tu, délaissant la terre,
A mes purs élans joindre tes ardeurs?
Je sais le secret qui sous la nuée
Attire parfois les Eons tremblants,
Et je puis dans sa route sinuée
Suivre le troupeau des archanges blancs.
Je connais aussi la voix des hymnistes
Qui dans les grands cieux chantent l'Hosanna;
Ce sont ces accents des divins artistes
Dont l'écho vibrant en toi résonna ;
Ce sont ces accords, c'est cette harmonie
D'un poème unique un soir entendu
Qui troublent encor ton frêle génie
Par le souvenir d'un rythme perdu.
Ce soir, retrouvant ta forme idéale,
Jusqu'au Cercle saint porté par l'amour,
Parmi la splendeur pure et triomphale,
Poète, tu vas chanter à ton tour.

LE POÈTE.

Femme, c'est ta voix dont les gammes souples
M'exaltent ainsi qu'un céleste vin ;
Oui, montons tous deux rejoindre les couples
Que berce à l'envi leur rêve sans fin.
Amants dans l'ivresse, époux dans l'extase,
Balançons nos cœurs au rythme des cieux ;
Tes lèvres seront le sublime vase
Où je puiserai le don précieux.
Beauté, volupté, voilà les deux ailes
Qui feront là-haut flotter nos pensers,
Et la profondeur des lois éternelles
Tu me la diras dans tes seuls baisers.

III

Des jours et puis des jours ont passé. Sur la grève
Circé redit encor sa menteuse chanson,
Et le poète est là qui, tombé de son rêve,
Verse les pleurs du doute et de la déraison.
Tout a sombré pour lui dans ce songe frágile,
Sa force, son espoir, son génie et sa paix,
L'amour a secoué comme un vaisseau d'argile
Ce cœur dont le limon remonte à flots épais;
Et la souffrance l'a d'un immense suaire,
Un suaire tissu d'angoisse et de remords,
Si bien enveloppé qu'il ne peut s'en défaire
Et demeure glacé de la froideur des morts.
Parfois le souffle ancien vient agiter son aile,

Mais un lâche regret le retient en chemin :
— Peut-être, se dit-il, que la vierge cruelle
Le prenant en pitié, voudra l'aimer demain?
Retenant ses sanglots et dévorant sa honte
Il revient à Circé qui, les yeux demi-clos,
Écoute en souriant le secret que raconte
La vague au sable d'or ou le zéphyr aux flots.

LE POÈTE.

Aujourd'hui comme hier je veux te dire, ô femme,
La mortelle douleur dont tu remplis mon âme :
J'étais libre, j'étais joyeux et j'étais fort,
Et j'aurais pu créer des mondes sans effort,
Tant la sève du dieu bouillonnait en mes veines.
Dans mes illusions, dans mes extases vaines,
Je me croyais pétri de flamme et de soleil;
Les astres me semblaient des frères. — Quel réveil!
Tu m'as pris dans tes bras, couché sur ta poitrine,
Et le soleil divin, la flamme purpurine,
Les horizons dorés dont je m'étais fait roi,
Tout s'est évanoui. Rien n'existe que toi.
Je souffre. Un froid mortel m'envahit. Un grand vide
Lentement, d'heure en heure, accable mon cerveau
Et dans mon corps mourant et sous mon front livide
Grandit étrangement la fleur d'un mal nouveau.
Fais-moi grâce, aime-moi.

CIRCÉ.

Vois les mouvants nuages,
Qui passent au lointain. Veux-tu que nous disions
Les hymnes ignorés et les refrains sauvages
Qui vont les transformer en blanches visions?

LE POÈTE.

Non, je ne veux que toi.

CIRCÉ.

Les vagues violettes
Semblent des champs profonds où le trèfle est en fleurs;
Dans tes yeux amoureux parfois tu les reflètes;
Poète, pour me plaire il faut sécher tes pleurs.

LE POÈTE.

Ah! fatale Circé, maudite, sois maudite
Pour avoir fait d'un homme une épave, un jouet,
A qui même une larme est sans cesse interdite
Et qui sous le mépris doit demeurer muet!
Sur les marches de glace où ton palais se dresse
J'ai gravi jusqu'au bout le calvaire hideux
Des désolations; ta première caresse
A tué l'idéal que nous cherchions tous deux!
Tu n'as rien épargné : — chaque nuit dans ton ombre
J'ai suivi pas à pas tes plaisirs inhumains
Et je connais le nom et j'ai compté le nombre

Des victimes d'amour dont tu souillas tes mains.
Le cœur ensanglanté d'une atroce torture,
J'ai répété les mots que ta lèvre épelait
Et forcé comme toi la docile nature
A nous montrer les jeux où ton œil se complaît.
Maintenant je suis las et mon heure est venue;
Déjà mon pâle esprit s'éteint comme un flambeau,
Mais je saurai du moins quelle force inconnue
T'a fait me repousser jusqu'au seuil du tombeau.

CIRCÉ.

Couche-toi là sur cette roche
Que bientôt les flots vont couvrir;
S'il est vrai que ta mort approche,
Là tu seras bien pour mourir;
Et pendant que les vagues lentes
Doucement t'envelopperont
Des voix pures et consolantes
Iront de ma bouche à ton front.

LE POÈTE.

Oui, je suis bien ainsi; tu m'apparais grandie
Dans la vapeur céleste où ton corps s'irradie.

CIRCÉ.

Écoute : nul ne peut changer
Ni ta misère ni la mienne

Et ton amour fut mensonger
Comme une brise éolienne.
Rien n'existe que le désir,
Rien n'est vrai que l'âme-lumière,
Montant au ciel pour y saisir
Un jet de la flamme première.
La matière est illusion
Et les baisers errants aux lèvres
Sont une vaine obsession
Qui poursuit l'homme dans ses fièvres.
De tout ce qu'il avait de cher
Son cœur ne garde aucune trace
Et c'est le néant qu'il embrasse
Dans les étreintes de la chair.
Sous les vastes cieux polychromes,
Comme en un magique décor,
Les amoureux, pâles fantômes,
Longtemps se poursuivront encor;
Longtemps leurs formes éphémères,
Que meut un principe idéal,
Iront, promenant leurs chimères,
Dans un paradis triomphal,
Sans que de cette apothéose
Où leur esprit est emporté
Ils aient pu surprendre autre chose
Que leur propre irréalité.

LE POÈTE.

Circé, la vague monte, monte,
Mon souffle est à toi suspendu,
Et cette mort sera trop prompte
Si je n'ai pas tout entendu.

CIRCÉ.

Bientôt tu comprendras pourquoi je fus rebelle
A tes embrassements factices et trompeurs :
Les hommes sont Esprit et ma voix les appelle,
Afin de les soustraire aux terrestres torpeurs.
Ces flammes du désir que ma jeunesse allume
Ressuscitent en eux les élans primitifs
Et le poids de leur chair tombe comme l'écume
Que laissent en fuyant les océans captifs.
Dans un monde plus haut mon amour les pénètre ;
Je les suis sans effort dans leur ascension,
Et c'est éperdument que je livre mon être,
Mon être virginal, à leur possession.
Et maintenant, tandis qu'il en est temps encore,
Avant que les flots lourds sur toi ne soient fermés,
Je vais, si tu le veux, impuissant météore,
Te rendre aux vanités de tes rêves aimés.

LE POÈTE.

Non. Dans l'atmosphère sereine
Je me sens déjà parvenu ;

C'est une splendeur souveraine,
C'est un firmament inconnu.

CIRCÉ.

Regarde-moi, car sur la cime
Où nos deux êtres vont s'unir,
Tu n'auras pas, atome infime,
La puissance du souvenir;
Et cette éblouissante sphère
Où les yeux ne se verront pas
Sera pour toi plus mensongère
Que les voluptés d'ici-bas.

II

L'HISTOIRE

SEMIRAMIS

(FRAGMENT)

A Jean Richepin.

SEMIRAMIS

(FRAGMENT)

Ce n'était pas assez d'étendre son empire
Des rives de l'Euphrate au fleuve Etymander;
Ce n'était pas assez de conquérir la mer
Et de fertiliser le pays de la myrrhe.

Il lui fallait encore des palais de porphyre,
Des jardins suspendus sous les feux du soleil,
De gigantesques tours dont le dôme vermeil
Captive les rayons de l'astre qui s'y mire.

Il lui fallait des lacs au bord desquels le soir,
Charmeresse lascive, elle venait s'asseoir,
Quand sa voix se mêlait à celle du zéphyre;
Alors elle rêvait qu'accélérant leurs pas
Les plus beaux fils d'Asie accouraient dans ses bras
Avec des élans de satyre.

*
* *

Car elle était la femme aux désirs invaincus.
Dercéto qui l'avait, au souffle de Bélus,
Engendrée en la nuit profonde
Avait mis dans son âme et jeté dans son sang
Le germe du génie indomptable et puissant
Qui devait étonner le monde.

A son pouvoir sans nom rien n'avait résisté :
Elle avait tout sondé, tout refait, tout tenté,
Créé des forts et des royaumes;
Elle avàit dominé les peuples insoumis,
Et devant sa grandeur ses plus fiers ennemis
S'effaçaient comme des fantômes.

Et quand elle attirait sur son cœur triomphant
Le Chaldéen nubile ou le Médique enfant,

Le prince ou le soldat farouche,
Nul de ceux qu'elle avait admis à son baiser
— Philtre que versait l'âme au corps sans l'apaiser —
Ne sortait vivant de sa couche.

*
* *

Pour immortaliser leur rêve souverain
D'autres s'étaient taillé dans le marbre ou l'airain
Une impérissable statue;
Mais elle, qui changeait toute chose à son gré,
Dédaignait de sentir d'un contour mesuré
Sa gloire immense revêtue ;

Et s'attaquant au sol d'un gigantesque mont,
Elle ordonna qu'il prît la forme de son front,
Le galbe de son corps splendide ;
Et le mont ébauché projeta sous le ciel,
En face des splendeurs étranges de Babel,
L'ombre de la reine Abbasside !...

*
* *

Maintenant des chacals sont errants en ces lieux
Et plus rien ne survit aux jours de Babylone :
Une arcade brisée, une antique colonne
Rappellent tristement le lointain glorieux.

Des herbes ont poussé sur le terrain crayeux
Où jadis s'élevaient les temples de délices ;
Et, louches instruments des suprêmes justices,
S'y promènent en paix des scorpions hideux.

Sémiramis est morte, et mort Sardanapale...
A peine voyons-nous encor leur face pâle
Dans la nuit du passé se dresser à nos yeux ;

Car rien n'est éternel, ni l'orgueil ni la gloire,
Et, les voyant si grands, la décevante Histoire
Doute des Héros et des Dieux !

AMATA

(LA VESTALE)

A Hector Le Roux.

AMATA

(LA VESTALE)

Selon le rite ancien, répétant la formule
Des vœux supplicateurs aux dieux qui l'entendront,
Trois fois devant l'autel où le feu divin brûle
Amata, la Vestale, a prosterné son front ;
Trois fois s'humiliant aux profondeurs du temple
Son corps s'est abattu sur les dalles d'onyx

Et ses bras déployés sous la draperie ample
Semblent les ailes d'or de quelque grand phénix.
Immobile, muette, en face du mystère
Dont elle a pressenti la révélation,
Longtemps elle demeure attachée à la terre
Par le poids trop pesant de l'adoration ;
Car sur l'autel d'airain lentement se consume
Le feu fragile et pur de sa virginité,
Ce feu perpétuel que la Déesse allume
Aux désirs incessants de son cœur agité.
Oui, ce foyer sacré, sa vertu l'alimente :
C'est la chair de sa chair, la moelle de ses os,
Ce sont ses pleurs d'enfant et ses rêves d'amante
Qui brûlent nuit et jour comme de clairs roseaux.
— Et, confondant déjà le symbole mystique
Et les rayons d'amour en elle contenus,
La Vestale n'en fait qu'un holocauste unique
Pour l'expiation des crimes inconnus.

Ce sacrifice obscur longuement la domine.
Pourtant elle a levé son front voilé de lin
Et renversé ses mains, ainsi que le flamine
Offrant l'hostie ardente au dieu Capitolin.
Bientôt, sur les degrés dressant sa taille austère,
Vers l'Orient propice elle a tourné ses yeux,

Tandis que dans la paix du temple solitaire
Sa voix souple s'élève en des hymnes pieux :

« Feu virginal et saint, flamme pure et secrète,
Feu dont j'ai ressenti tous les embrasements,
Rayon mystérieux que mon âme reflète,
Feu virginal et saint, flamme pure et secrète,
Dieu des mondes créés, maître des éléments ;

« Je t'ai donné mon corps pour vivant sanctuaire,
Incorruptible feu, je te porte en mon sein !
O purificateur du levain mortuaire,
Je t'ai donné mon corps pour vivant sanctuaire
Où tu règnes, ô roi victorieux et saint !

« Nos deux virginités s'aiment et se répondent,
Feu chaste et précieux qui n'as rien engendré ;
Dans un même baiser nos ardeurs se confondent,
Nos deux virginités s'aiment et se répondent
Et mon orgueil du tien n'est jamais séparé.

« Chaleur en qui se fait l'incubation lente
De l'Œuf sacré du monde et des ferments cachés ;
Principe actif et fort, puissance vigilante,

Chaleur en qui se fait l'incubation lente
Du grand germe d'amour qui détruit les péchés!

« Foyer incandescent où bouillonne la lave,
Foyer par qui les corps sont mis en fusion,
Foyer dont la matière est l'éternelle esclave,
Foyer incandescent où bouillonne la lave
Du désir triomphal et de la passion.

« Science souveraine, occulte Intelligence,
Sûre émanation de la Divinité,
Lumière de l'Esprit, Signe de sa vengeance,
Science souveraine, occulte Intelligence,
Bien qui de l'univers comble l'inanité;

« Source de toute joie et de toute harmonie,
Régulateur secret des forces d'ici-bas,
Révélateur en qui resplendit le génie,
Source de toute joie et de toute harmonie,
Toi qui des cieux mouvants sur la terre tombas;

« En toi, mystique feu, ma vie est suspendue!
Être primordial sans que rien n'eût été.
O feu, substance unique et partout répandue,
En toi, mystique feu, ma vie est suspendue,
Redoutable splendeur, vaillance et pureté!

*
* *

« J'ai plongé mon front nu dans les eaux des Camènes,
Aux branches des lotus suspendu mes cheveux;
J'ai dépouillé mon cœur des faiblesses humaines
Et devant ton autel j'ai prononcé mes vœux;

« A chaque heure du jour et du soir à l'aurore
J'ai dominé mes sens et comprimé ma chair,
Et pour le culte saint dont l'amour me dévore
J'ai rejeté de moi tout ce qui m'était cher.

« Jamais aucuns parfums, aucune huile onctueuse
N'ont effleuré ma peau; jamais aucun baiser,
Faisant surgir en moi l'ardeur incestueuse,
Sur mon sein consacré n'est venu se poser;

« Jamais aucune main que celle du Grand-Prêtre
N'a soulevé le voile abaissé sur mes yeux;
Jamais aucun regard n'a profané mon être,
Dans la tranquillité des jours silencieux.

« Feu virginal et pur, tu me tiens sans partage!
Toi seul m'as révélé l'amour essentiel,
Toi seul, chaque matin m'embrasant davantage,
M'as remplie en secret des effluves du ciel;

« Toi seul dans une étreinte invisible et puissante
As possédé mon corps et tourmenté mes flancs,
Et ton frisson stérile est le seul que je sente
Courir éperdument sur mes membres brûlants.

*
* *

« O mon mystique époux, confonds-moi tout entière
Dans ton ignition!
Affranchis mon esprit du joug de la matière,
Consomme l'union!

« Que je sois désormais le feu vivant, la flamme,
L'impalpable clarté,
Et qu'en rayons nombreux se projette mon âme
Parmi l'immensité!

« Fais-moi revivre en toi comme le rameau frêle
De myrte ou d'alisier,
Dont l'essence subtile à la tienne se mêle
En un même brasier;
Empare-toi de moi, nourris-toi de mon être
Dans ton être résous,
Afin que mon amour en toi puisse renaître,
O mon mystique époux!

« Que je devienne enfin le feu que rien ne dompte,
Le feu perpétuel
Qui de l'abîme obscur jusqu'au ciel des cieux monte,
Libre et spirituel;
Que ma fluidité s'incarne en toute chose,
Dans l'aile de l'oiseau,
Dans le silex rougi, dans l'éclat de la rose,
Dans l'éther et dans l'eau;

« Et que j'entre à mon tour, atome imperceptible,
Au circuit éternel
Que trace ta splendeur, ô flamme indestructible,
Amour originel!
O mon mystique époux, confonds-moi tout entière
Dans ton ignition;
Affranchis mon esprit du joug de la matière,
Consomme l'union! »

— Et cette fois encor aux profondeurs du temple,
Son front s'est abattu sur les dalles d'onyx,
Et ses bras déployés sous la draperie ample
Semblent les ailes d'or de quelque grand phénix,

Mais l'âme, que le dieu ne retient plus captive,
Est rentrée au foyer des ardentes amours,
Tandis que, s'éclairant d'une lueur plus vive,
Sur l'autel de Vesta le feu brûlait toujours.

PHRYNÉ

A Leconte de Lisle.

PHRYNÉ

I

Tout enfant elle avait parmi les chemins âpres
Sous les feux d'Hélios couru chaque matin,
Offrant aux étrangers les odorantes câpres
Que ses doigts recueillaient sous l'arbrisseau lointain.
Libre comme l'aiglon, souple comme la chèvre,
Insouciante ainsi que la mûre aux étangs,
Le rire au bord des yeux, la chanson à la lèvre,
Elle allait, dans l'éclat de ses jeunes printemps.
L'air subtil des sommets lui gonflait les narines,
Quand, chargé des parfums enlevés aux buissons
Et des relents salins des essences marines,
Il passait sur sa tête en rapides frissons;

Et l'écho résonnait à son rire sonore
Et le val s'animait aux appels complaisants,
Lancés dans la candeur de l'instinct qui s'ignore,
Aux pâtres assoupis près des lotos luisants.

— Et c'étaient par les bois des courses vagabondes,
Des fugues au delà de l'horizon natal,
Des poursuites sans fin parmi les herbes blondes
Sous le ciel transparent comme un dais de cristal.
Son corps frêle vibrait de secousses puissantes
En ces jeux où, pareils aux fringants étalons,
Les garçons vigoureux la suivaient aux descentes,
Pressant de leur pas vif ses fragiles talons;
Et sa jeunesse alors s'échappait par bouffées,
Et de sa vive ardeur s'exhalait le surcroît
En élans fugitifs, en gaîtés étouffées
Dont frémissait son sein sous l'exomide étroit.
Puis lorsque, fatigués de la chercher encore,
Les bergers en chantant rejoignaient leurs troupeaux,
Elle, couchée au pied d'un large sycomore,
Trouvait sous son ombrage un bienfaisant repos;
Et sa chair, dans le cours de ces extases lentes,
S'imprégnait de parfum, s'imbibait de couleur,
Du suc des arbrisseaux, de l'arome des plantes
Qui faisaient d'elle-même une vivante fleur.
— Fleur poussée au hasard et grandissant à l'aise,

Sous les rayons des jours, sous les clartés des nuits,
Sans craindre le siroc, ni la brise mauvaise
Qui souffle entre les monts avec d'étranges bruits.

Et partout, aussi loin que voyait sa prunelle,
Partout où ses pieds nus se posaient librement,
Partout où de sa voix montait la ritournelle,
Sa jeune âme sentait un mystère clément.
Et c'étaient ses amis les coudriers sauvages,
C'étaient ses confidents les oiseaux des grands cieux;
Elle savait des mots inconnus des plus sages
Pour rendre obéissants les daims capricieux;
Charmeuse immaculée, aimable souveraine,
Au front lisse encerclé d'un feuillage épineux
Où les touffes de houx, les branches de troène
Et l'acacia souple entremêlaient leurs nœuds;
Jeune divinité que des regards impies
N'offensaient pas encor, quand d'un pas diligent
Elle allait échanger aux marchands de Thespies
Contre des pains de miel quelques drachmes d'argent.

II

Et plus tard dans Athène, aux portes des gymnases
Au coin des carrefours et près des pnyx bruyants,
Le corps enveloppé de transparentes gazes,
Le visage baigné de reflets chatoyants,
Adolescente encore et presque déjà femme
Avec son buste fait d'indécises rondeurs
Et ses yeux inquiets d'où montait une flamme
Qui des bois empourprés conservait les tiédeurs,
On la voyait hautaine, ombrageuse et farouche,
Jouant, pour les passants à ses pas suspendus,

Sur la flûte d'argent que caressait sa bouche
Les champêtres refrains autrefois entendus.
Sans doute à ses côtés les amoureux éphèbes
Devaient sentir leur cœur battre à coups redoublés;
Sans doute pour la voir, des murs croulants de Thèbes,
Les prytanes venaient, anxieux et troublés;
Sans doute pour humer les effluves sylvestres
Qui, par les chauds matins, émanaient de son corps,
Plus d'un lutteur hardi s'écartait des palestres
Et courait sur la route écouter ses accords;
Mais nul n'avait compris dans sa forme gracile
Les exquises beautés de ce corps virginal;
Nul n'avait dans ce front, qui sous le rythme oscille,
Pressenti la splendeur d'un charme triomphal.
— Elle-même, innocente en ses grâces innées,
Dédaignant des rhéteurs les timides présents,
Voyait d'un œil pensif défiler les pornées
Dans leurs chars attelés de mulets reluisants,
Et son cœur, étranger aux hontes de la vie,
Aux caressants appels, aux regards enjôleurs,
Tressaillait d'un frisson de regret et d'envie
Devant leurs manteaux d'or brodés de larges fleurs:
Pour ces teints fatigués que la céruse emplâtre,
Barbouillés de fucus et parfumés de nard,
La joueuse de flûte aurait donné l'albâtre
De son teint que la brise avivait de son fard.

Et déjà, loin des jours où les oiseaux des grèves
Et les faons des forêts étaient ses seuls désirs,
Elle voyait passer maintenant dans ses rêves
De lourds tissus de pourpre émaillés de saphirs.

III

Maintenant dans l'orgueil de sa chair transformée
Phryné s'épanouit au baiser des amours :
Praxitèle l'a vue, et la glaise animée
De cette chair sans tache a rendu les contours.
L'artiste, possédé de son divin modèle,
Sculptera dans l'airain, dans le marbre ou dans l'or,
A chaque nouveau lustre une image fidèle
Aussi voluptueuse et plus divine encor;
Car dans leur majesté ces sereines statues
De la femme n'ont pris que l'insigne beauté
Et gardent sous le ciel, chastement dévêtues,
L'éternelle splendeur de la virginité;

Le voyageur pieux peut au gré de son rêve,
Oubliant le renom de l'impure Phryné,
Évoquer en leur sein que le désir soulève
Le souffle d'Hestia, d'Eos ou d'Athéné;
Il peut, errant le soir autour de l'Acropole,
Baiser leur piédestal en marbre de Paros
Et placer sur leur front l'invisible auréole
Dont sont glorifiés les dieux et les héros.

Mais que font à Phryné, que font à l'hiérodule
Les adorations de ce culte jaloux?
Qu'importe le tribut de la piété crédule
Lorsque l'Hellade en joie accourt à ses genoux?
Ses fils doivent l'aimer, la vivante déesse,
Non point dans la froideur d'un mystère éternel
Mais d'un amour brûlant renouvelé sans cesse
Aux flammes de son être irritable et charnel.
Il faut à sa beauté l'apothéose unique
D'un peuple tout entier et tout entier dompté,
S'attachant en courant aux plis de sa tunique
Et sous ses fauves yeux hurlant de volupté.
— Aussi quand reviendront les jours des Eleusines,
Quand pour s'associer aux pleurs de Déméter,
D'Athène, de Mégare ou des plages voisines
La foule ira s'ébattre aux rives de la mer;
Quand pour voir défiler le cortège des mystes

Qui marchent deux à deux dans leurs vêtements blancs,
Tenant entre leurs mains les flambeaux et les cistes,
Les profanes en masse écraseront leurs flancs,
Elle, au regard de tous, fendra les eaux limpides,
Et dans son impeccable et blanche nudité
Sur sa nuque tordant ses longs cheveux humides
Sortira des flots bleus comme l'Aphrodité.

Source où court s'abreuver l'inquiétude humaine,
Objet toujours offert à ses tentations,
Telle autrefois encor dans sa paix souveraine
La vierge se plongeait au lac des Alcyons.
— Mais alors l'onde seule et seules les étoiles
Connaissaient les secrets innomés de sa chair
Et sur ses jeunes seins dépouillés de leurs voiles
Seuls les oiseaux légers passaient dans le ciel clair.

MESSALINE

A Georges Clairin.

MESSALINE

Minuit. — L'Empereur dort. — Dans l'ombre elle se glisse.
Son corps a dévêtu la stole aux plis sacrés,
Et ses cheveux, flottant sur son épaule lisse,
Découvrent par instants des coins de chair nacrés;

Dans un lourd réseau d'or sa gorge est contenue,
A travers chaque maille échappe son sein dur;
— Tel le fruit de Bacchus de sa pulpe charnue
Déborde de la treille au soleil de Tibur.

Sous le manteau luisant des jeunes courtisanes
Elle avance; — et la nuit de ses rayons d'argent
Parsème impunément d'éclatantes balzanes
Ses jarrets fiers et nus de la pourpre émergeant.

Le poids des chauds désirs fait que son front s'incline;
Déjà son œil a vu briller sur les hauteurs
Les feux du temple impur où bientôt Messaline
Livrera son beau corps aux baisers des lutteurs.

Elle entre et, se mêlant au groupe des infâmes,
Elle attend, éperdue et le naseau fumant,
Que parmi le troupeau des vierges et des femmes
Un homme de son doigt la montre insolemment.

Car ce n'est pas assez pour ses folles luxures
Que les embrassements des froids patriciens;
A ses membres il faut de plus rudes morsures;
Les transports de ses pairs ressemblent trop aux siens.

Et ce ne sont plus là les amours qu'elle rêve;
Dans son sein fatigué la volupté s'endort.
— C'est pourquoi chaque nuit Messaline soulève
Aux yeux des plébéiens son manteau frangé d'or.

Et voici qu'elle va, prêtresse d'Aphrodite,
Offrant de toutes parts ses lèvres au désir,
Espérant qu'en retour la déesse maudite
Fera tomber sur elle un frisson de plaisir.

*
* *

Vénus l'a secourue : au milieu des orgies
Le bienfaisant amour a pénétré son cœur
Et les esprits douteux des tremblantes magies,
Autour d'elle penchés, viennent chanter en chœur :

« Silius, Silius, ton baiser me délivre
« Du mal qui si longtemps a fait mes jours amers;
« Ton souffle, ô Silius, de délices m'enivre,
« Ton œil est plus profond que la vague des mers.

« Cette nuit, en posant mon front sur ta poitrine,
« Où je sens doucement ta jeune âme frémir,
« Dans les apaisements d'une extase divine
« Pour la première fois j'ai désiré dormir;

« Chaque soir tu viendras apporter en ma couche
« Un peu de la fraîcheur dont ton être est rempli;
« Pour me désaltérer je boirai sur ta bouche
« Les eaux de l'espérance et du tranquille oubli.

« Et comme c'est trop peu que d'être ta maîtresse
« Dans la fragilité d'un joug capricieux,
« Pour mieux faire en mon sein descendre ta tendresse
« Je serai ton épouse à la face des cieux. »

* * *

Messaline a voulu des noces insensées
Où rien ne manquera pour consommer l'affront.
Le voile de safran des jeunes fiancées
Recouvre maintenant son impudique front.

Et le lit nuptial, sur la place publique,
Ainsi qu'un sanctuaire à l'Hymen consacré,
Sous son triple rideau de pourpre de Sérique
Aux regards de la plèbe est déjà préparé.

Les prêtres sont venus, dans leurs longues simarres,
Au banquet où leurs mains versent sans s'effrayer
Les trois libations offertes aux dieux lares,
Protecteurs des époux et gardiens du foyer.

Debout, près de la table où le goût des orfèvres
A semé des trésors qu'un souffle peut briser,
Les doigts entrelacés et les lèvres aux lèvres,
Le couple impérial échange son baiser.

Et le peuple romain, que le Sénat convie
A mêler ses clameurs à l'hymne nuptial,
Sent courir sur sa chair ce frisson de l'envie
Que soulève toujours le triomphe du mal.

*
* *

C'est l'automne. A travers les feuilles empourprées
On entend résonner des appels et des cris.
La vendange s'achève et des grappes dorées
Forment un collier d'ambre au cou blanc de Cypris.

Comme aux jours somptueux des folles Lupercales,
Des Bacchantes, le front couronné de pavots,
Dansent un pas lascif que rythment les cymbales,
Près des cuves où bout le suc des vins nouveaux.

Aux pieds de Silius langoureuse et féline,
Couchée à la façon des sphinx ou des chats-pards,
Les yeux à demi clos, la fauve Messaline
Savoure lentement l'ivresse des nectars;

Ses orteils ont quitté les trop pesants cothurnes;
Une peau de panthère enveloppe ses reins
Et ses bras allongés ont la rondeur des urnes
Et l'éclat irisé des beaux vases murrhins.

Silius, enlacé du pampre au reflet jaune,
Tenant négligemment le thyrse entre ses doigts,
Se penche sur ce corps ainsi qu'un jeune faune
Qui rêve de luxure en l'épaisseur des bois.

Or, voici que, couvrant les sons aigus du sistre,
Les rumeurs de la danse et les gaîtés du chant,
Comme une trombe d'air effrayamment sinistre,
Un tumulte inconnu s'élève du couchant;

Ouragan de fureurs, tonnerre d'anathèmes,
Longs cliquetis d'acier sur les cuissards de fer,
Menaces et sanglots sortant des lèvres blêmes
D'un fantôme entrevu dans les feux d'un éclair.

Le vieux Claude, bercé par les vagues d'Ostie,
N'a compris que trop tard l'infâme vérité;
Et, secouant enfin sa honteuse apathie,
Vers l'Auguste Colline il s'est précipité.

Mais ses soldats, sachant ses fureurs inégales,
Craignent que l'Empereur ne s'arrête en chemin,
Ou que le souvenir des douceurs conjugales
Au suprême moment ne retienne sa main.

Plus prompts que lui, lançant sur la route poudreuse
Leurs chevaux vigoureux, pleins d'écume et de sang,
Ils arrivent dans Rome, à l'heure ténébreuse
Où le soleil se noie en l'éther rougissant.

Aux jardins de Cypris les portes sont ouvertes;
Épars, les instruments jonchent le sol fumeux;
A peine aperçoit-on quelques ombres alertes
Qui gagnent en courant le haut des monts brumeux.

Ils avancent. — Leur pied au détour d'une allée,
Parmi les ceps flétris, a heurté lourdement
Sous un olivier sombre une masse affalée
D'où sort à longs hoquets un sourd rugissement.

C'est, à n'en point douter, une bête féroce;
En se penchant on voit sa fourrure au poil roux
Et ses prunelles ont dans leur lueur atroce
Quelque chose à la fois de terrible et de doux;

Son haleine est brûlante et de sa croupe chaude
S'échappent dans la nuit des feux étincelants :
— C'est une bête fauve; et les soldats de Claude
Plongent leur épée nue au travers de ses flancs.

Au matin, l'on trouva la superbe adultère,
Les seins épanouis aux baisers du soleil,
Et le ventre serré dans sa peau de panthère
Qu'avait largement teinte un flot de sang vermeil.

Et le soir, l'Empereur, enivré de falerne
Et sentant son courroux par le vin adouci,
Demandait aux soldats, la voix rauque et l'œil terne :
— Messaline ? Pourquoi n'est-elle pas ici ?...

III

LA BIBLE

DÉBORA

A Hippolyte Fournier.

DÉBORA

I

Pour des dieux étrangers, pour Molok, pour Baal,
Pour Astaroth qui luit sur la blancheur des sables,
Pour des idoles d'or, pour des biens périssables,
Les Hébreux insoumis quittent leur dieu natal.

Dans les bois écartés, à l'appel des prêtresses,
Ils courent, oublieux des rites de Silo,
La volupté sur eux agite son falot
Et les brûle aux rayons des mystiques caresses.

En leur corps frémissant, que l'eau sainte lava,
S'allument les ardeurs des soifs jamais éteintes,
Et, sous l'ombrage épais des luisants térébinthes,
Le bruit de leurs baisers a fait fuir Jéhova.

Aux coupes de nectar, aux breuvages des urnes,
Aux parfums répandus sur les autels rivaux
Ils ont puisé l'amour des mystères nouveaux
Et profané leur corps en des danses nocturnes.

Dans les noires horreurs du culte araméen
Fut brûlé le sang pur des aînés de leurs races,
Eux-mêmes ont offert, au sommet des terrasses,
A Molok le cruel un sacrifice humain.

Aux Kabires ardents leur âme s'est soumise;
Sous leur toit désormais veillent les Téraphim,
Et l'adoration de nombreux Elohim
Prosterne les tribus sur la terre promise.

Enfin, impatients de consommer l'affront,
Méprisant du Dieu saint les menaces jalouses,
Parmi les peuples vils ils ont pris des épouses.
— Et Jéhova, lassé, détourne d'eux son front.

*
* *

Et voici que Jabin les surprend et les broie
Avec ses neuf cents chars armés de longues faux;
Tel dans la plaine sombre un vol lourd de gerfauts
Sinistrement, le soir, vient fondre sur sa proie.

Jabin, le roi d'Asor, et son chef Sisara,
Instruments désignés d'une haute vengeance,
Réduiront Israël à la pire indigence;
Sur lui, pendant vingt ans, la honte s'abattra.

Pendant vingt ans le fouet fera saigner les membres
De ceux qui s'endormaient dans de fatals oublis;
Maintenant par le mal leurs muscles affaiblis
Ne se réchauffent plus sous l'onction des ambres.

Avec une loi dure il a fallu compter;
Leurs bras se sont usés à des travaux d'esclaves;
A leurs poignets meurtris on a mis des entraves,
Comme aux pieds des chevaux qu'un maître veut dompter.

Et les grands défenseurs que dans les jours néfastes
A son peuple choisi le Seigneur suscita,
Othoniel, Aod, Samgar, ne sont plus là,
Pour secouer le joug de leurs épaules vastes.

Nul héros ne surgit, nul ne vient délivrer
Israël qui gémit auprès du lac sonore;
Nul n'entend son appel, et sous le sycomore
Les femmes ont posé leur urne pour pleurer.

*
* *

Mais Débora veillait sur la montagne sainte.
Loin d'Asor, loin du camp de Jabin, loin des lieux
Où Chanaan porta les temples de ses dieux,
Les branches d'un palmier dessinent son enceinte.

Et les fils d'Ephraïm, les Benjamin dévots,
Tous ceux qui de l'Esprit gardent la flamme pure
Viennent à ses genoux déposer leur murmure.
Sereine, elle prononce entre les chefs rivaux.

Au miel de sa parole, incorruptible abeille,
Elle sait adoucir l'amertume des pleurs;
D'avance elle connaît les secrètes douleurs
Que les nabis craintifs disent à son oreille.

Or son œil prophétique a vu briller au ciel
Le signe rédempteur, le signe d'alliance:

Et dans l'ordre d'en haut pleine de confiance,
Débora s'est levée, adjurant Israël.

En hâte elle a quitté sa tranquille montagne;
A sa voix sont venus Nephtali, Zabulon;
Et ceux qui reposaient dans la paix du vallon,
Et ceux qui sommeillaient, lassés, dans la campagne;

Et ceux qui voyageaient au rivage du lac;
Tous suivent de son front la mobile auréole,
Tous se rangent déjà, gagnés par sa parole,
Sous les ordres du chef, le très sage Barac.

Pour vaincre Sisara, que leur âme redoute,
Ensemble ils descendront du sommet du Thabor,
Et le Dieu qui pour eux a combattu d'abord
Dans les rangs ennemis sèmera la déroute.

*
* *

Aussitôt Sisara monte ses chars de fer,
Au pied de la montagne il range son armée.
— Les flancs des chevaux las soufflent une fumée
Qui flotte sur le camp comme sur une mer.

Du faîte, les Hébreux le guettent en silence.
Et Débora : — « Debout, Barac! Voici le jour,
Voici l'heure où tu dois nous sauver à ton tour! »
— Barac, comme l'éclair, rapidement s'élance.

Un choc impétueux; — les chars sont renversés;
Jusqu'au ciel maintenant une clameur s'élève;
Les fils de Zabulon, à la pointe du glaive,
Poursuivent à pas vifs les fuyards dispersés.

Au torrent de Cison l'armée entière sombre
Parmi les saules verts et parmi les roseaux
On voit flotter des corps et se heurter des os.
— La foi dans l'Eternel a triomphé du nombre.

Seul Sisara survit; — longtemps, d'un pied furtif,
Poursuivi par Barac, retenant son haleine,
Il parcourt en tous sens l'interminable plaine.
— Une tente se dresse aux yeux du fugitif;

Et Jahel, qui l'habite, en entr'ouvre la porte :
— « Entre chez moi, Seigneur; quitte ton bouclier,
Cette tente est pour toi l'asile hospitalier
Où tu peux, cette nuit, reposer sans escorte ;

Au lieu de t'apporter le vase rempli d'eau,
Je guérirai ta soif du lait pur de mon outre,
Et pour que devant nous ton ennemi passe outre,
J'étendrai sur ton corps les plis de mon manteau. »

— Et Sisara lui dit : « De peur qu'on ne soupçonne
L'endroit de mon refuge, éloigne-toi sans bruit ;
Et, si l'on vient te dire : « As-tu, pour cette nuit,
Caché quelqu'un chez toi ? » — Tu répondras : « Personne ! »

— Et, tandis qu'accablé pesamment il s'endort,
Jahel, sans hésiter, prend un clou de la tente
Et dans le front fumant l'enfonce, haletante.
— Et Sisara tomba du sommeil dans la mort.

Or, Barac arrivait avec ceux de sa suite ;
Après avoir en vain battu tous les chemins,
Vers le ciel en pleurant ils élevaient leurs mains,
Doutant de retrouver Sisara dans sa fuite ;

Jahel leur dit : — « Voici celui que vous cherchez ! »
Et comme devant eux elle élevait sa lampe,
Ils virent le chef mort et le clou dans sa tempe,
Et comprirent le sens des oracles cachés.

Ainsi fut confirmé le signe prophétique,
Par lequel Jéhova ralliait ses enfants.
Et ce jour-là, devant les Hébreux triomphants,
Débora, le front haut, entonna son cantique :

II

Que les rois de la terre écoutent en silence!
C'est moi qui bénirai le nom de l'Eternel.
Je dirai ta grandeur, ô Dieu, roi d'Israël,
Et je psalmodierai l'hymne de ta vaillance.

Seigneur, quand tu sortis de Séir, qnand tu vins,
Glorieux, à travers les champs de l'Idumée,
Les cieux se sont émus, l'onde s'est animée
Et la terre a tremblé sous tes talons divins.

*
* *

Aux jours des fils d'Anath la voie était ouverte,
Aux heures de Jahel les chemins se sont tus,
Les voyageurs fuyaient loin des sentiers battus,
Et cherchaient pour leurs pieds une route déserte.

Les tribus, nuit et jour, gémissaient sans leurs chefs,
Israël succombait au sein de la misère,
Lorsque moi, Débora, comme fait une mère,
Je me levai, je vins pour venger ses griefs.

Le Seigneur a choisi de nouvelles batailles,
Lui-même a dévoré les portes des Gentils.
Tes quarante mille arcs, peuple, que faisaient-ils,
Quand le Seigneur pour toi renversa les murailles?

*
* *

Mon cœur s'adresse à ceux qui marchent avec toi,
Israël; mon cœur est tourné vers ta défense;
Vous qui vous êtes mus aux heures de l'offense
Accourez, bénissez le Seigneur avec moi.

Vous tous qui chevauchez sur des ânesses blanches,
Vous tous qui reposez sur des housses d'or fin,
Vous qui venez du Sud, vous tous, vous tous enfin
Qui sans crainte marchez sous l'épaisseur des branches,

Plus haut que la chanson du pâtre à l'abreuvoir,
Que l'appel de la flûte aux marches des fontaines,
Que la voix des archers entre les eaux lointaines,
Chantez, de Jéhova racontez le pouvoir!

Et toi, Débora, viens; laisse là ta demeure,
Dresse-toi, dresse-toi sur le mont de Sichem;
Et toi, Barac, debout, ô fils d'Abinoëm,
Va saisir tes captifs; lève-toi, voici l'heure!

Et toi, descends aussi; — triomphe sans efforts,
Peuple de Jéhova; la puissance céleste
Depuis l'aube des temps en toi se manifeste :
Peuple de Jéhova, descends parmi les forts!

*
* *

Les enfants d'Israël sont venus à ta suite,
O Barac! A ta suite a marché Benjamin.
Les princes de Machir ont frayé ton chemin,
Les scribes de Remmon ont cherché ta conduite.

Et les chefs d'Issaschar se sont joints à tes pas
Courant vers le danger comme au fond des abîmes.
— Près des eaux de Ruben sont des cœurs magnanimes.
O Ruben, pourquoi donc ne te lèves-tu pas?

Pourquoi rester ainsi parmi tes pâturages?
A des soins plus virils jadis tu t'occupas.
O Ruben, pourquoi donc ne te lèves-tu pas?
Dans tes murs on a vu de plus nobles courages.

Galaad est resté par delà le Jourdain.
— Et Dan, pourquoi dort-il auprès de ses navires?
Pourquoi, dans le trafic des benjoins et des myrrhes,
Asser s'éloigna-t-il de nous avec dédain?

Tandis que Zabulon a prodigué sa vie,
Tandis que Nephtali, campé sur les hauteurs,
A délivré, pour eux, de ses bras rédempteurs,
La plaine d'Ezréel par Jabin asservie;

Les rois du Nord, les rois sont venus, dirigeant
Leur armée: à Thanach ils sont venus en masse,
Et tous ils ont lutté; — mais, malgré leur menace.
Ils sont partis sans chars et sans butin d'argent.

Car du ciel avec nous ont combattu les astres ;
Les étoiles du ciel ont combattu pour nous,
Et contre Sisara les soleils en courroux
Ont voilé leur éclat pour hâter ses désastres.

Le torrent de Cison, celui des anciens jours,
Le torrent de Cison que leur sang impur souille,
Le torrent de Cison a roulé leur dépouille,
Promptement il les a balayés dans son cours.

Les sabots des coursiers ont fatigué les herbes
Dans la fuite sans fin, la fuite des puissants ;
Les sabots des coursiers ont sonné frémissants ;
— Et ta force, ô mon âme, a foulé les superbes!

* * *

Maudite soit Méroz, dit l'Ange du combat,
Maudits ses habitants et maudites leurs terres,
Car ils sont restés sourds au bruit des saintes guerres,
— Maintenant sur leur front le bras de Dieu s'abat.

Mais bénie à jamais soit Jahel la vaillante,
Jahel, femme d'Haber; que son nom soit béni
Parmi ceux qui d'en bas servent Adonaï,
Et parmi les tribus qui vivent sous la tente!

Dans la coupe d'onyx qu'on offre aux étrangers
Elle a versé le lait, elle a donné la crème;
Elle a vêtu ses reins de la force suprême,
Elle a pour Israël méprisé les dangers.

Sa main gauche a saisi le clou; de sa main droite
Elle a pris le marteau pesant du forgeron;
Quand Sisara dormait elle a frappé son front,
Elle a percé sa chair d'une blessure étroite.

A ses pieds il se roule, il s'étend, il se tord,
Il défaille sanglant et l'écume à la bouche,
A la place où sa face est tombée, il se couche
Inanimé, muet, ravagé par la mort.

* * *

A travers le treillis, penchée à sa fenêtre,
Sa mère demandait, hurlant de désespoir :
— « Pourquoi tarde-t-il tant à revenir? — Ce soir
Le bruit des chariots retentira peut-être. »

Et la plus sage entre ses suivantes reprend :
— « Sans doute ils ont trouvé de nombreuses épaves
Qu'ils partagent entre eux, — une ou plusieurs esclaves
Par tête d'homme; — et des colliers à double rang

Pour le cou du vainqueur; des étoffes légères,
Des tissus colorés, des vêtements soyeux;
Des tissus colorés que Sisara joyeux
Rapportera bientôt des villes étrangères. »

*
* *

Qu'ainsi périssent ceux qui veulent te braver,
O Jehova! Qu'ainsi ta droite les efface,
Et que tes serviteurs se tiennent sous ta face,
Radieux comme le soleil à son lever!

SÉILA

(LA FILLE DE JEPHTÉ)

A G. Maspéro.

SÉILA

(LA FILLE DE JEPHTÉ)

I

Les voix des filles de Gad
Entonnent un chœur de danse;
Un long cortège s'avance
Vers le fils de Galaad;
Celui qui des Ammonites
En un seul jour triompha
Va revenir dans Maspha,
Au son des harpes bénites.

Les fifres et les nébels,
Les longues flûtes d'ivoire
Ont pour ce chant de victoire
Quitté leurs chants solennels;
Sous les doigts des vierges pâles
Les cithares ont frémi,
Tandis que tinte à demi
L'appel douteux des cymbales.

De leurs plus beaux ornements
Les femmes se sont parées,
De leurs tuniques dorées,
De leurs brillants vêtements;
Sous l'ardent soleil éclate,
Avec les sons et les fleurs,
La musique des couleurs,
L'hyacinthe et l'écarlate.

Comme au jour où se feront
Les saintes panégyries,
L'ombre des branches fleuries
Auréole chaque front;
Et Gad courbe ses épaules
Sous le poids des faisceaux verts;
Au loin les champs sont couverts
Des rameaux épars des saules.

Jephté, le bandit cruel,
Chef des hordes vagabondes,
A mis son bras et ses frondes
Au service d'Israël.
Il est accouru des plaines
Où sans soucis il errait,
Dormant au creux du guéret
Le cœur libre, les mains pleines.

Or, le bruit de son renom,
La force dont il se vante
Ont répandu l'épouvante
Parmi les enfants d'Ammon...
— Mais voici qu'en leur présence
Avant de livrer combat,
Jephté sent son cœur qui bat,
Son cœur qui fléchit d'avance.

Il voit les camps affermis
Et bien défendus les nomes.
Que fait une gerbe d'hommes
Contre de tels ennemis?
Le dieu qu'Israël adore,
Le dieu qu'a servi Juda,
Le dieu que Dan posséda
Peut seul le sauver encore.

Sans doute ce dieu puissant
Qui commande à la victoire
Doit se plaire à l'offertoire
De la chair vive et du sang.
— « Jéhova, sois-moi propice,
Et le premier être humain
Qui sera sur mon chemin
Je te l'offre en sacrifice. »

— Et Jephté revient vainqueur.
Là-bas sur la longue route
Il croit entendre, il écoute
Le refrain lointain du chœur;
Pendant quelques pas encore
Les sons du fifre éclatant
Le surprennent par instant
D'une note plus sonore.

Son œil voit en ce moment
Sourdre une masse vivante;
Dans le brouillard blanc, mouvante,
Elle monte lentement;
Troupeau nombreux, immense arche,
Voguant sous un ciel confus;
Jephté ne distingue plus
En quel sens flotte sa marche.

— Une seconde, puis deux.
Les flots pressés du cortège
Montent; la route s'abrège.
— Bientôt il sera près d'eux;
Et tout à coup Jephté songe
Au vœu qu'il a prononcé :
Quel sera-t-il l'insensé
Dont l'ombre vers lui s'allonge?

Immobile sur le sol,
Le chef s'arrête en silence.
Déjà la foule s'élance,
Rapide ainsi qu'en un vol;
— Et menant le gai quadrille
Des vierges de sa maison,
Droite, coupant l'horizon,
Paraît Séila, sa fille.

Au rythme des tambourins,
Aux courts arpèges des harpes,
Dans les plis de ses écharpes,
Souple, elle a cambré ses reins;
Un rire entr'ouvre sa bouche
Et devant ses pas joyeux
Son père a fermé les yeux,
Muet, stupide, farouche.

L'hymne triomphal s'est tu.
Jusqu'au seuil de sa demeure
Maintenant Séila pleure :
— « Qu'as-tu, mon père, qu'as-tu ? »
Et lui, déchirant sa robe :
— « Va-t'en ! fuis sur les sommets,
Qu'à mes regards pour jamais
Ton front chéri se dérobe ;

Car ton père a dit un vœu
Qu'à présent son cœur rétracte ;
Pour vaincre il a fait un pacte
Avec Jéhova, ton Dieu ;
Pars, emmène tes compagnes,
Que leur bras soit ton soutien ;
Sur mon malheur et le tien
Va gémir dans les montagnes ! »

II

Voilà soixante jours que, parcourant les monts,
Se traîne à pas lassés le triste chœur des vierges.
L'éclat des joyaux lourds ne pare plus leurs fronts
Et leurs seins sont captifs sous l'épaisseur des serges ;
Leurs pieds nus ont quitté les babouches d'ors fins
Pour fouler au hasard le lit des herbes blondes,
Et maintenant ils sont arrivés aux confins
Du pays que l'Iabec sillonne de ses ondes.
Mais Séila pourtant n'arrête pas encor
Ses courses à travers les campagnes nombreuses ;
Elle cherche, elle écoute, et, prenant son essor,
Libre, son âme monte aux sphères amoureuses :

« N'avez-vous pas dans le sentier
Vu vers nous s'avancer une ombre ?
Le sol est noir, le ciel est sombre.
O filles d'Israël, pleurez!

Parmi les spathes du dattier,
A l'heure où la terre sommeille
N'entend-on pas quelqu'un qui veille ?
O filles d'Israël, pleurez!

Mon bien-aimé n'est pas venu,
A l'heure où luisent les phalènes
J'allais l'attendre dans les plaines.
Mon bien-aimé n'est pas venu.

Le figuier a poussé des branches,
Les fleurs ont donné leurs parfums
Et les feuillages des nerpruns
Ont vêtu les murailles blanches.
Mais mon bien-aimé ne vient pas!
Mon fiancé rêve sans doute;
Longtemps au détour de la route
J'ai guetté le bruit de ses pas.

Parmi les fleurs de la vallée,
Parmi les feuillages des bois,
N'entend-on pas gémir sa voix ?
O filles d'Israël, pleurez !

Ma jeunesse s'en est allée
Comme l'herbe au feu dévorant
Et comme la source au torrent.
O filles d'Israël, pleurez !

Le bien-aimé qu'attend mon âme
N'est pas venu me retrouver.
Quand l'aurore allume sa flamme,
Je crois le voir à mon lever.

Au creux du rocher les colombes
Ont déjà suspendu leur nid ;
Les geais du sud, au vol maudit,
Ont déjà plané sur les tombes ;
Le printemps d'un souffle embaumé
A séché les pleurs de la terre ;
Mais contre mon cœur solitaire
N'a pas dormi le bien-aimé.

Répondez-moi, je vous en prie,
Serait-ce son pas triomphant
Que l'on entend dans la prairie?
O filles d'Israël, pleurez!

Rapide comme un jeune faon,
Il bondissait dans les montagnes,
Il accourait... O mes compagnes,
O filles d'Israël, pleurez!

J'avais oint d'encens mon front nu,
J'avais oint mon corps de cinname
Pour le bien-aimé de mon âme;
Le bien-aimé n'est pas venu.

Depuis l'heure de la bataille
Chaque jour je l'attends en vain.
Son souffle est doux comme le vin,
Haute comme un cèdre est sa taille...
Si mon bien-aimé n'est plus là,
Si sous le linceul il repose,
Couronnez-moi d'un voile rose,
Vierges, pour l'heure du trépas.

Comme les épis sous la lame
Mes jours seront fauchés demain ;
Venez, tenons-nous par la main !
O filles d'Israël, pleurez!

Le radieux épithalame
Jamais ne vibrera pour moi ;
Mon cœur est pénétré d'émoi.
O filles d'Israël, pleurez !

Jamais du baiser de sa bouche,
Du pur baiser initial,
Ne pourra venir sur ma couche
Me bercer l'amant nuptial.

Je mourrai sans que mes entrailles
Aient jamais engendré leur fruit ;
Jamais je n'entendrai le bruit
De pas joyeux près des murailles.
Après l'enfantement nouveau,
Jamais, pour racheter mon être,
Mes mains n'offriront au Grand-Prêtre
La colombe blanche et l'agneau.

Venez, descendons la colline,
L'heure a passé du rendez-vous.
Sur nos fronts le soleil décline;
O filles d'Israël, pleurez!

L'amant de mon âme, l'époux
Est tombé dans les jours insignes
Sur les coteaux d'Abel-les-Vignes.
O filles d'Israël, pleurez!

Percé par les flèches d'Ammon,
Son corps a saigné sur les grappes.
— O mon père, si tu me frappes,
Ma bouche bénira ton nom!

Venez, descendons la colline,
L'heure a passé du rendez-vous;
Sur nos fronts le soleil décline,
Et dans la tombe est mon époux.
Mes amours se sont endormies,
Mon cœur plus jamais ne battra.
— Demain, lorsque le jour naîtra,
Chantez, chantez, ô mes amies!

. . . .

. . . .

Et Jephté, lentement près de l'autel d'airain
A conduit l'holocauste admirable et sans tache.
Ainsi, vierge du joug, marche, le front serein,
La génisse aux yeux clairs qu'immolera la hache.
Et c'est fête à Maspha : — dans le temple divin
Les prêtres de l'éphod ont couvert leur poitrine
Pour offrir la victime et les pains sans levain
Pétris d'huile de faîne et de fleur de farine;
Et cette fois encore le plus riche ornement
A paré Séila, comme au jour sacrilège
Où courant au-devant du père et de l'amant
Riante, elle menait le fastueux cortège.
Et maintenant, pareille à l'enfant qui s'endort,
La vierge, sans regret, penche son cou de cygne
Et sa jeune pensée évoque dans la mort
Le bien-aimé couché sous l'ombre de la vigne.

Chœur des filles d'Israël,
Que chaque année à cette heure
Votre voix s'élève et pleure
Et frappe aux voûtes du Ciel;

Répétez vos hymnes lentes
Sur le sommet écarté
Où la fille de Jephté
Versa des larmes sanglantes.

JUDITH

A François Coppée.

JUDITH

Sous le haut pavillon tout lambrissé de soies
Dont l'éclat à son front jette un reflet vermeil,
Holopherne, dormant d'un fébrile sommeil,
Rêve à l'heure passée en d'accablantes joies.

Sur son lit large et bas, son corps aux tons bronzés
Repose maintenant dans la paix de sa force,
Et ses muscles, saillants aux contours nus du torse,
Vibrent au souvenir des transports apaisés.

Lui, que jusqu'à ce jour les filles d'Hyrcanie
Ont bercé, mais en vain, de leur lente chanson,
Pour la première fois a connu le frisson,
Le long frisson d'amour et l'extase infinie.

Aussi comme il frémit, le rude Assyrien!
Un soupir, longuement, soulève sa poitrine
Et sa lèvre où se joue une ombre purpurine
Sourit à la clarté du songe aérien.

Loin, bien loin, par delà les tremblantes étoiles,
Par delà les flots verts où le ciel se confond,
Il rêve de voguer dans cet azur profond
Dont la main d'une femme a déchiré les voiles;

Il rêve... et sur sa chair il croit sentir encor,
Dans l'engourdissement des pesantes ivresses,
Voltiger les baisers et courir les caresses
De la Juive — qu'encadre un triomphant décor.

Il la voit maintenant debout près de sa couche,
Telle qu'elle accourut des hauteurs du Liban :
Les cheveux dénoués, le front ceint du turban,
Belle d'une beauté surprenante et farouche.

Son bras, pour la saisir, se tend avec effort;
Un souffle parfumé vient effleurer sa face...
Enfin la vision se confond et s'efface
Et d'un sommeil plus lourd Holopherne s'endort.

*
* *

Mais Judith reste là, l'épiant en silence,
Écoutant s'affaiblir les élans de ce cœur;
Elle est là, se courbant jusqu'au lit du vainqueur,
La main droite crispée au cuivre de sa lance.

Son regard inquiet, se voilant à demi,
S'arrête sur le front du soldat qui repose :
L'amour lui fait un nimbe ardent d'apothéose,
Et, surprise, Judith songe à son ennemi.

Pendant quelques instants, morne, elle le contemple.
— Qu'il est tranquille et beau! Dans le calme du soir
Il dort enveloppé d'un parfum d'encensoir
Ainsi que la victime au pronaos du Temple.

— Adonaï le veut : « Pour sauver Israël
Tu répandras le sang, fécondante rosée. »
Et froidement sur lui son arme s'est posée,
Interrogeant la mort en un défi cruel.

Ce n'est plus cette femme ondoyante et soumise
Qui se pâmait aux bras de son maître d'un jour;
C'est l'héroïne au sein glacial, sans amour,
Méditant avec Dieu la vengeance promise.

Dans le marbre luisant ses membres sont sculptés.
Telle qu'une hautaine et mouvante statue,
Elle semble évoquer l'Esprit maudit qui tue
Et les démons épars des sombres voluptés.

Aux veines où sa vie étroitement s'infiltre
A-t-elle assez versé le magique poison?
Et dans les baisers lents qui troublent la raison
A-t-elle assez offert sa beauté comme un philtre?

Oui, sans doute; — il est temps d'agir; — d'un geste court,
Saisissant les cheveux d'Holopherne, elle frappe;
Un flot rouge l'aveugle et le corps du satrape
Vient rouler à ses pieds avec un écho sourd.

*
* *

Promptement à travers les plaines elle emporte
Le ruisselant trophée enfoui dans son sein ;
Il faut, pour consommer son tragique dessein,
Rentrer à Béthulie : — « Ouvrez, ouvrez la porte !

« Le grand dieu d'Abraham, le puissant Jehova
« A cette fois encor manifesté sa gloire;
« Au peuple qui le sert il donne la victoire,
« Contre ses ennemis sa Droite se leva ;

« Or, pour vous assurer le jour des représailles,
« Voici que j'ai conquis un précieux butin :
« Demain les fils d'Assur, dans les feux du matin,
« Verront pendre une tête aux créneaux des murailles. »

— Et rapide, passant devant les chefs anciens,
Les bras serrés au cœur, impassible prêtresse,
Seule, elle va gravir la haute forteresse.
D'en bas, tous les regards sont suspendus aux siens.

Elle a gagné le faîte ; et dominant la ville,
Les tentes, les palais qui sommeillent sans bruit,
Dans la vapeur sereine et pâle de la nuit
Son corps drapé de blanc nettement se profile.

Et déjà ses deux mains ont fixé sans trembler
A la tige de fer la dépouille sanglante.
Mais, horreur ! elle croit entendre une voix lente
Comme un râle de mort par son nom l'appeler.

Est-ce un rêve ? — O Seigneur d'Israël ! est-ce un rêve ?
Non ! La tête s'agite et parle en frissonnant ;
Dans l'orbite les yeux se meuvent maintenant;
En un rictus amer la bouche se relève.

Holopherne s'éveille : au fond de son cerveau
Palpitent les derniers battements de la vie;
Et la voix dit : « Ma soif ne s'est pas assouvie,
Juive, de ton baiser endors-moi de nouveau. »

Alors, obéissant à ce vouloir suprême,
Inconsciente, ainsi qu'un fantôme hagard,
Longtemps, sous le ciel clair, la fille de Mérar
Aux lèvres de l'Époux colla sa lèvre blême.

TABLE

Paris. — Typ. Georges Chamerot, 19, rue des Saints-Pères. — 25271.

LIBRAIRIE PAUL OLLENDORFF

28 *bis*, rue de Richelieu, PARIS

ADAM (F.-E.). — **Par les bois,** poésies, notes intimes, études et paysages. 1 vol. grand in-18 . . . . 3 »

AICARD (JEAN). — **La Comédie française à Alexandre Dumas,** à-propos en vers dit à la Comédie française par M. Delaunay, le jour de l'inauguration de la statue d'Alexandre Dumas sur la place Malesherbes. In-16. » 50

Quelques exemplaires numérotés sur papier de Hollande, 2 fr.

AICARD (JEAN). — **Le Dieu dans l'Homme,** 1 vol. grand in-18. . . . 3 50

AICARD (JEAN). — **Lamartine,** poème, premier prix du Concours de poésie de l'Académie française, lu par l'auteur dans la séance publique annuelle de l'Académie française, le 15 novembre 1883. In-16. . . . . 1 »

Quelques exemplaires sur papier de Hollande, 2 fr.

AICARD (JEAN). — **Miette et Noré.** 1 vol. grand in-18. . . . . 3 50

AICARD (JEAN). — **Au Bord du Désert.** 1 vol. grand in-18. . . . . . 3 50

ALEXANDRE (ANDRÉ). — **Le Sonneur de Biniou. — Rêveries et Chansons.** 1 vol. in-18. . . . . 3 »

BERTHEROY (JEAN). — **Marie Madeleine,** poème. Préface de FRANÇOIS COPPÉE, avec une eau-forte d'Ary Renan. 1 vol. in-18. . . . . 2 »

BERTHÉROY (JEAN). — **Vibrations,** poésies. 1 vol. in-18 . . . . 3 50

BOYER (GEORGES). — **Hérode,** poème lyrique, musique de William Chaumet, ouvrage couronné par l'Institut (concours Rossini, 1883). In-18. . . . . 1 »

BOYER (GEORGES). — **Paroles sans musique** avec une lettre d'Auguste Vitu. 1 vol. grand in-18 . . . . 3 50

CHAUVIGNY (LOUIS DE). — **Amours défunts.** 3 50

CHAUVIGNY (LOUIS DE). — **Sac au dos,** poésies. 1 volume in-18, papier teinté 3 50

DELAIR (PAUL). — **Les Contes d'à-présent,** avec une lettre de Coquelin aîné de la Comédie française, sur la *Poésie dite en public et l'Art de la dire.* Nouvelle édition revue et augmentée. 1 vol. grand in-18 . . . . 3 50

Quelques exemplaires sur papier de Hollande. 8 fr.
— — — de Chine. . . 12 fr.

DELPIT (ALBERT). — **Les Dieux qu'on brise.** 1 vol. in-18. . . . . . . 3 50

GOUDEAU (ÉMILE). — **Fleurs de bitume,** petits poèmes parisiens. 1 vol. grand in-18 . . . . 3 50

GOUDEAU (ÉMILE). — **Poèmes ironiques.** 1 vol. grand in-18. . . . . 3 50

GUIARD (ÉMILE). — **Poésies,** avec une notice de RENÉ VALLERY RADOT et un portrait dessiné par BRAMTOT. Il n'a été tiré de cet ouvrage que 550 exemplaires sur papier de hollande numérotés 16 à 550. . . . . 3 50

Et 15 exemplaires sur papier du Japon numérotés de 1 à 15.

HAREL (PAUL). — **Gousses d'ail et Fleurs de serpolet.** 1 vol. in-18. 3 »

HERMANT (ABEL). — **Les Mépris.** 1 vol. in-18. . . . . 3 »

NEBOUT (PIERRE). — **Études et poèmes,** poésies. 1 vol. in-18. . . . 3 50

RAMEAU (JEAN). — **La Chanson des Étoiles,** poésies. 1 vol. in-18. . 3 50

ROLLOT (HIPPOLYTE). — **Les Chants de la vie,** poésies. 1 vol. in-18 . . 3 50

Paris. — Typ. G. Chamerot, 19, rue des Saints-Pères. — 25271

www.ingramcontent.com/pod-product-compliance
Ingram Content Group UK Ltd.
Pitfield, Milton Keynes, MK11 3LW, UK
UKHW031908260826
14628UKWH00003B/1054

9 782019 925482